歩道叢書

歌集

送り火以後

石井伊三郎

現代短歌社

目次

平成二十五年

送り火以後

平成二十五年

寒ぼたん

昇りくる元旦の日ををろがみて老いの平安ひたすら祈る

積む雪のかがやき浴びて蠟梅の香り漂ふ庭に
降り立つ

雪に傾く沈丁花見れば小さなる花芽持ちゐつ
曇る昼過ぎ

侘助の花散りたまる境内に雪の止みたる夕日明るし

日脚やや延びて明るき夕光に藁囲ひの中寒ぼたん咲く

北斗七星

連翹の花芽濡らして霙降る人影の無き苑を歩めば

母の忌日近づきて来つ雪残る路傍に葉ぼたん
色冴えて見ゆ

眼鏡の埃拭ひつつ悲し音信のいつしか絶えゐ
し友の訃を受く

北斗七星見えずなりたる北の空仰ぎて哀し友
遂に逝く

万作の花かがやける小園に入り来て憩ふ風花
浴びて

水仙の花

宵早く薬を飲みて寝ねし夜半顕つ戦友のおも
かげ哀し

登り来し丘のひとところ水仙の花すがすがし
夕日反して

さきがけて咲く紅梅の花満ちて庭の明るし入
り日集めて

病む友の便り読みつつ雨戸打つ風音を聞く深まる夜半に

時決めて目薬を注すこの習ひ網膜剝離の手術に癒えて

朝よりの悔い淡くなりかたくりの花咲く丘を
夕べに歩む

寒明けの空晴れ渡り対岸に群れゐる白鷺近々
と見ゆ

金柑

金柑の実のかがやける苑巡り遥けくなりし人
思ひ出づ

本を読む気力の失せて降り立ちし庭の雑草丹念に抜く

友の通夜より夜更け帰れば庭畑に白き大根の花鮮やけし

採り残しし庭畑の大根降る雨に真白き花の咲
きつぐあはれ

松の芯いたく伸びしを認めつつ怠り過ぎしけ
ふの日思ふ

遊水地

春疾風しづかになりし西空に茜を帯びし大き雲浮く

きぞよりのこだはり消えて境内に楓若葉のかがやきを浴む

賜りし筍食みつつよみがへる少年の日の悲しみひとつ

野焼きせし遊水地広く点々と葦の新芽が朝の
日に映ゆ

迷ひゐるわれの心を絶つごとくクレマチスの
花庭先に咲く

快き風吹く堤に土筆摘み野蒜摘み行くよはひ
忘れて

腰痛の起こる予感に庭木々をゆるがして吹く
風音を聞く

梨の畑

白鳥の去りし沼の面凪ぎわたり大き白雲映して暮るる

遺骨無き友のみ墓に香焚けば蘇り来つ今はの
言葉

咲き満ちし藤波の下に憩ひつつ過ぎ行き早き
老いの日思ふ

消極になりゆく己れ戒めて庭畑に延びし雑草
を抜く

花満ちし梨の畑に沿ひてゆく夕べ明るきひか
り浴びつつ

枇杷の実

きぞよりの憂ひの消えて立葵の花のかがやく
苑めぐりゆく

梅の実の音なく落つる庭先を見つめてゐたり
籠る昼過ぎ

葉のひまの黄に熟れそめし枇杷の実を歩みと
どめてひとときに仰ぐ

山鳩の啼くこゑ寂し里山に梅雨に入りたる夕べに聞けば

母の日の近づき来ればわれの帰還待ちゐし母の位牌を浄む

バシー海峡に沈みし友の命日ぞ色褪せし遺影
に香を焚きつぐ

黒揚羽つぎつぎ止まる鬼百合の炎暑の苑にか
がやきて咲く

えごの花

いとまあるゆゑに涌き来る虚しさか遠雷の音
聞きつつ籠る

えごの花咲く旧道を歩み来て久々に詣づ友のみ墓に

友の言葉うべなひかねて目の前を蛍飛び交ふ畦道帰る

いくばくか日の入り早くなりたるか畑に馬追の鳴くこゑ聞こゆ

きぞよりの消えぬ憂ひに巡りゆく畑に茗荷の白き花咲く

蓮華つつじの返り花見ゆ丘の上秋立ちし日のゆふかげ浄し

散策の歩みとどめて花梨の実いたく太りしをひととき仰ぐ

法師蟬

泰山木のしろたへの花咲き満ちてつゆの雨降る里山明かし

おもむろに合歓の花閉ぢし池岸に兆す思ひに
しばし堪へゐつ

悲しみは己れ独りのものとして胡麻の花咲く
丘畑に立つ

淡紅の大賀蓮の花開きそむ明時に来しわが目
交に

法師蟬の鳴くこゑ聞きつつ共に征き還らぬ友
のみ墓に詣づ

紫蘇の花

夏至の日の入りてしばらく多々良沼白く光りて飛ぶ鳥を見ず

唐突に友の訃報の来しゆふべ庭をめぐりて黒
揚羽飛ぶ

ひさびさに街中を飛ぶ燕見えわが脚軽く歩み
を伸ばす

虚しさのゆゑなく涌きてみづからの影を踏み
つつ畦道帰る

朱おびし柘榴の円ら実目に入りて若き日の悔
いよみがへり来つ

紫蘇の花こぼるる畑に復員後ひさしく会はぬ
友思ひ出づ

永らへしわれら集ひて戦友会の解散決めぬ六
十年経て

鳳仙花

おもむろに間遠になりし蜩のこゑに交じりて
法師蟬鳴く

現身《うつしみ》の衰へ寂し里山にひぐらしの声夕暮に聞く

穏やかな秋日を浴びて鳳仙花の種を収めぬ降り立つ庭に

朝よりのこだはり消えて仰ぐ空雲ひとつなく
月照り渡る

水欲りて果てし戦友の面影が顕ち来て哀し夜
半に目覚めて

雁来紅

九十一の齢重ねてみぞそばの咲く古里の刈田を歩む

歩みとめ暗渠流るる水の音聞きつつゐたり月
の照る道

悲しみの淡くなり来て巡りゆく里山に聞く郙
鄲のこゑ

唐突に鳴る秋雷に夜半覚めて逝きて三年の弟
思ふ

事もなくひと日過ぎ行き庭隅に黄の石蕗の花
開き初む

脚力の衰へ寂しめぐりゆく苑に雁来紅ゆふかげに映ゆ

晩年の子規が用ゐし文机を目のあたりにしてわが涙出づ

皇帝ダリア

葛の花繁りて咲ける沼岸に昼あたたかき秋の
日を浴む

縁側にすすき穂供へ仲秋の月眺めゐしちちは
は偲ぶ

やはらかき秋のひかりにつつましく石蕗の花
庭先に咲く

わが庭の皇帝ダリア逝く秋の昼の日に映え丈
高く咲く

こもりゐし一日の早く夕暮れて鳴く百舌のこ
ゑ繁く聞こえ来

穏やかにわが生れし日の夕づきて降り立つ庭
に木犀香る

かすかなる記憶をたどり登り来し古墳の丘に
朝もや動く

錦　木

藤袴の花匂ひゐる病室に手術に耐へし友眠りゐつ

学徒にて征きたる友の面影が俄かに顕ち来降りしきる雨

どのやうに変りゆく世か池岸に朱極まりし錦木の立つ

逝きし孫の面影消えず庭先に皇帝ダリア日に
映えて咲く

連翹の返り花咲く小園に逝きたる孫を偲びつ
つ立つ

石蕗の花

石蕗の花いつしかに散りゆきて我に早かりき
この年の行く

散りたまる落葉を踏みて里山に行く年の没り
日一人見送る

わが影を踏みつつ歩む古里の畦道に顕つ晩年
の母

めぐりなる紅葉映して池の面はいたく静けし
時雨の止みて

ゆく年の日が差しそめて霜柱たつ庭畑が一瞬
ひかる

平成二十六年

紅梅

健やかに老ゆるを願ひ昇りこし日をしをろがむ霜白き庭

産土の社に詣で生と死の境に生きし兵の日おもふ

過ぎ行きの早きを思ひ登り来し丘に紅梅の花芽がひかる

きぞよりの昂りいつしか淡くなり蠟梅香る園
めぐりゆく

悔いのなき余生送らん歩み行く用水の堤に水
仙の咲く

蕗のたう

窓近く鳴く頬白のこゑに覚め残れる生の生き方思ふ

七草粥食みて降り立つ庭先に蕗のたう萌ゆ落葉を分けて

カシオペアの輝く空を仰ぎつつ友の通夜より夜更けに帰る

北風を浴びつつ歩む用水の堤に土筆はつか萌えゐつ

山茶花の紅き花びら拾ひつつ里山めぐる足取り軽く

父母の亡くはらから逝きてこの夕べ鬼遣らひの豆こゑ高く撒く

過誤ひとつ思ひ出だして銀杏《ぎんなん》の実を炒りて食ふ風止む夜半に

白木蓮

征きし日のよみがへり来て古里の畦道歩むは
こべ摘みつつ

今のわが心告げたき人の亡く庭の葉ぼたん藍ましてて来つ

心よろふ日の稀となり歩み来し刈田の畦にほとけの座摘む

雪残る庭に咲きつぐ紅梅の差す朝光にかがやき放つ

語彙ひとつ覚えしけふの喜びに夕闇に咲く白木蓮仰ぐ

ありなしの風に揺れつつ庭畑に咲く大根の花
すがすがし

登り来し古墳の丘にわが齢思ひつつしばし夕
光を浴む

所在なく籠る昼過ぎ土鋤きし庭畑に淡く陽炎のたつ

復員後の歳月互みに語りつつ散りつぐ桜の花びらを浴む

兵として戦野めぐりし三年の歳月哀し老いて
思へば

歩み行く用水の堤のひとところ土竜《もぐら》穿ちし黒
土ひかる

用水の堤をゆけば冬眠より覚めし蛙が午の日を浴む

かがやきて咲く紫木蓮の花仰ぎ逝きて七七忌の友を哀しむ

半夏生の花

現身《うつしみ》の衰へ哀し半夏生の花咲く苑にひととき
憩ふ

培ひし鉢のカトレア咲き満ちて老いの心を豊かならしむ

池の面にまなこ凝らせば古代蓮の蕾ふくらむ朝霧消えて

心萎えし一日なりしが巡りゆく苑に立葵の花
鮮やけし

朝よりの憂ひ和らぎ仰ぐ空つゆの合間の十日
月照る

睡　蓮

雷雲の近づきて来つ沼岸の睡蓮すでに花閉ぢてゐつ

夏至の日の入り日とどめて参道に咲く紫陽花の花瑞々し

蛍袋の咲く旧道を行き帰り杖つく媼とひととき語る

孵化したる四十雀の雛庭木々に鳴く声優し雨
戸を繰れば

些事ひとつかたづけ終へて里山に鳴く山鳩の
声を聞きゐつ

心ゆらぐ一日なりしが庭隅の紫陽花の花色増して来つ

言ひ難き不安兆して暮れなづむ入日浴みゐつ沼岸に来て

難聴の耳にこほろぎのこゑ親し月照り翳る夜更けの庭に

きぞよりのこだはり消えてかたくりの花咲く丘に夕日浴びゐつ

マラリアを思はす悪寒に兵の日を思ひ出だしてひすがら籠る

古代蓮の花咲く池を朝霧に濡れつつ巡る老いを忘れて

残生

残る生いかに生きんか鉄塔のうへの白雲しばし動かず

雲雀のこゑ聞かずなりたる古利根の河原に立
ちて亡き師を偲ぶ

無為に過ごしし老いの一日の夕暮れて降り立
つ庭に雨蛙鳴く

間をおきて雷鳴聞こゆる里山に散りつぐ椎の
花がきらめく

鳴く鳥の声も聞こえず里山に梅雨明けの日が
森閑と照る

松の芽のこぞりて萌えし沼岸に暮れなづむ日を浴びつつ憩ふ

葉のひまに無花果の実が目立ち来て声騒がしくひよのより来る

さぎ草

道の辺にひそけく咲けるさぎ草に逝きて遥けき友思ひ出づ

梅雨明けを待ちゐしごとく庭の木ににいにいにい
蟬鳴く声の限りに

暑き日に百日紅の花庭に咲きわれに悲しき八
月の来ぬ

間断なく空爆受けしペリリューのかの日蘇る
轟く雷に

蜩の鳴く声寂し日の入りの早くなり来し里山
下る

窓下の朝顔の花数へつつわれに残れるあけくれ思ふ

咲き満ちし鉢のカトレアつぎつぎに花落とし
ゆく立つ涼風に

邯鄲の声

残る生に思ひ至りて為すべき事メモに記しつつ一日が暮るる

日の入りの早くなりこし庭畑に茗荷を摘みぬ
冷え覚えつつ

わが生れし日の夕暮れて西空に茜を帯びし鰯
雲浮く

季の移りおもむろにして庭畑に鳴く邯鄲の声
すがすがし

宵闇に青紫蘇の花白く咲き鳴く馬追の声透り
来る

草加松原

鬱蒼と松繁りゐしこの道を芭蕉歩みき曾良従ひて

芭蕉偲び子規を慕ひて訪れし文人あまたわが
街詠みき

参勤交代の武士《もののふ》休みし街道の茶店の跡にひと
とき憩ふ

松原を歩みて征きし兵の日が蘇り来つわれ永らへて

名勝地の指定受けたる松原を今宵の満月隈なく照らす

紫蘇の穂

時経なば今の悲しみ消ゆるらん巡りゆく苑に
虫の音すだく

脚力の衰へかなし今朝よりは杖携へて散策に出づ

ゆゑ知らぬ不安涌ききて枳殻の実の色づきし里山下る

やうやくに心決まりて降りたちし夕べの畑に
紫蘇の穂を摘む

木枯しの収まりて来し庭先に石蕗の咲く夕日
反して

残菊

秋海棠の花の萎えたる道の辺に歩みとどめて
入り日に向ふ

癌病みて俄かに逝きし友の庭夕日に映えて残菊の輝る

人いとふ心の消えず西空に浮く鰯雲仰ぎてゐたり

心甲ひて過ぎしひと日か庭木々に高鳴く百舌
の声を聞きゐつ

清らかに一生を終へし友偲び散りつぐ銀杏の
黄葉を浴む

畦道に咲くつめくさにゆく秋の光は寂し歩みて来れば

葉鶏頭の朱照らしゐし夕日消えこと多かりしけふの日暮るる

柊の花

銀杏の実拾ひつつ巡る境内に過ぎ行き早き老いの日思ふ

柊の花あはあはと咲く丘を夕暮れ歩む心の晴れて

ことごとく葉を落としたる池岸の柳ひと木が夕日に明かし

八つ手の花咲きこぼれゐる庭先に霙まじりの
雨ふりしきる

椋鳥のつぎつぎ下る御猟場の森に照りゐし夕
光の消ゆ

葉牡丹

濃き霜に色冴え冴えと葉牡丹の花鮮やけし庭
先見れば

どのやうに変りゆく世か庭に咲く黄の残菊が
ゆふかげ反す

茎伏しし茗荷畑に十六夜の月照り渡る物の音
なく

為すべきこと浮かび来たりて木枯しの荒ぶ里山に夕べ入り来つ

水減りし街川の岸に憩ふごと白鷺の立つ午近きころ

最短の日

朝より足取り軽く椎の実を拾ひつつゆく古里の森

沈み行く最短の日は南天の朱実照らしておも
むろに消ゆ

来る年の幸祈りつつ小園に銀杏の実を幾つか
拾ふ

平成二十七年

蠟梅

新しき年に為すべきこと思ひ降り立つ庭に蠟梅香る

暗きより目覚むる習ひいつよりか明時に吹く
風音寂し

壺に活けし千両の朱実に心寄る虚ろに過ぎし
ひと日の暮れて

ひとときの憩ひのごとく羽閉ぢて黄の蝶止まる残菊見れば

霜柱立つ畦道に摘みて来し春の七草くりやに香る

回想敗戦前後

遥かなる祖国の元日偲びつつ昇りくる日を浜
辺に待ちき

ペリリューに果てたる友のみ魂かと次々に飛ぶ流星を見つ

銃撃に斃れし友を葬らんと壕を掘りにき月光浴みて

明時の交信終へて仰ぐ空南十字星かがやきてゐき

暗号書ことごとく焼きて椰子林に吹く風音を友と聞きゐき

たたかひに敗れて仰ぐ満月に母の面影俄かに顕ちき

島々の見えずなり来ぬ復員船の甲板にわれしばし立ちゐき

下弦の月

野仏に残菊一輪活けありて夕日に明し歩みて
来れば

亡き兄の植ゑし金柑実の熟れておだやかな午
の日ざしに光る

バシー海峡に沈みし友の面影が顕ちきて哀し
明時の夢

積む雪の消えし丘畑点々と緑の親し蕗のたう
萌ゆ

軍装の友の遺影に香焚きてひすがら籠るわれ
永らへて

心虚ろに西空見れば金星の真下に下弦の月浮かびゐつ

束縛なきあけくれ寂し雲低き夕べの空より風花降り来

猫柳

声上げて追儺の豆を今宵撒く残れる生に思ひ至りて

培ひし鉢のカトレア花開くうたた寝覚めしわが眼の前に

愚かなる一つの事にこだはりて猫柳萌ゆる池岸に来つ

確定申告済みしゅふぐれ唐突に春雷一つながく轟く

咲き満つる庭の木蓮仰ぎつつ逝きて二年の孫を哀しむ

生きて居る証とも思ひ足裏の魚の目を削ぐ更け行く夜半に

白鳥の去りし多々良沼凪ぎわたり茜の雲を映して暮るる

土筆

点々と土筆の萌えし用水の堤をあゆむ足取り
軽く

庭先に盛り上がり咲く白つつじ眩暈に耐へて
しばし眺むる

兵として死ぬべき命ながらへて庭畑に摘むゐ
んどうの青

庭木々にくぐもり鳴ける鳩の声けさは寂しも
病みて籠れば

何を願ふといふにも非ず池岸に寄りくる鯉に
パン屑を撒く

街中の小園に垂るる藤波の夕日反して時なが
く映ゆ

おもむろに朝霧消えて庭畑に咲く馬鈴薯の花
初々し

木苺の花

暗闇に木苺の花白く咲く友を見舞ひて帰る路傍に

冬眠より覚めたる亀が街川の岸辺をあゆむ泥
をまとひて

網膜剝離を共に病みゐし悲しみを語り合ひに
き集ひの後に

花の香のしるくただよふ栗畑に昼の雷鳴唐突に聞く

雷雲の近づきて来し境内に藍深まりしあぢさゐの咲く

灌仏会

灌仏会の香り身に浴び共に征き還らぬ友を偲びつつ立つ

色づきし梅の実いくつ庭先に音なく落つる梅雨近からん

皮落とし新竹の幹すがすがし差す朝の日にひときは映えて

爽やかに吹き来る風に浸りつつ柿若葉の下にしばらく憩ふ

卯の花の咲く白河の関跡に兄と歩みき十五年前なりき

朝顔

宵闇にま白き十薬の花咲けば煎じて飲みゐし
母の思ほゆ

暑き日の沈みゆきたる西空にちぎれ雲浮く茜に映えて

無花果の実を光らせてあしたより梅雨の走りの雨ふりしきる

戦ひて死にたる友の命日ぞ暗きより覚めて香を焚き継ぐ

雨蛙の鳴く声朝より止まずして庭の梅の実音なく落つる

てつせんの輝きて咲く庭先に逝きたる孫の顕ち来て哀し

老いし身を励まし庭に朝顔の支柱を組みぬ霧に濡れつつ

大賀蓮

蓮池に点々と咲く大賀蓮の花あざやけし差す
朝の日に

唐突に逝きたる友を偲びつつ里山に聞く郭公のこゑ

とりどりの紫陽花の咲く旧道にはるけくなりし亡き人思ふ

拾ひ来し松毬一つ卓に置き戦野に果てし級友を数ふ

惑ひゐるわれの心を断つごとく大き虹たつ東の空に

命終りし蟬の亡骸おしろいの咲く庭隅に夕べ
埋めぬ

蜘蛛の糸に動けぬ蟬を放ちやる暑き日の入り
し夕べの庭に

酔芙蓉

安保法審議の様をラジオにて聞きつつ畑に雑
草を取る

しろたへの酔芙蓉の花おもむろに朱帯びて来
つ夕づく庭に

紫蘇の花こぼるる畑にしじみ蝶あまた飛び交
ふ夕日を浴びて

ゆふぐれの庭に降り立ち法師蟬の鳴く声を聞く齢重ねて

大陸に敗戦知らず果てし叔父詣づ奥津城にひぐらしの鳴く

道端に足止めて鳴く鉦叩きの声を聞きゐつ心
和みて

庭木々に吹く風音のゆゑのなく寂しく聞こゆ
夜の深まりて

心重き一日なりしが庭先にさぎ草幾輪ゆふかげに咲く

四人の子を戦野に送り貧困に耐へつつ生きしちちはは偲ぶ

金木犀

蟬のこゑいつしか絶えし庭先に羽のきらめく
赤あきつ飛ぶ

鱗雲広がる西空眺めつつ友の言葉を計りかね
ゐつ

逝く秋のひかりは澄みて点々と白き花咲く慈《くわ》
姑《ゐ》田照らす

かいつぶり潜りては浮かび川の面はさざなみ
消えて夕昏み来つ

秋海棠咲く小園に憩ひつつ揺らぎ居し心静か
になりぬ

病床の友を見舞へばうは言に戦野にありし兵の日を言ふ

うは言に亡き妻を呼ぶ友のこゑ涙こらへてわれは聞きゐつ

わが生れし日の明けそめて降り立ちし庭に金
木犀香りを放つ

吹き荒れし北の疾風の収まりて空に茜の大き
雲浮く

仲秋の月

おもむろに朝霧消えて沼岸に寂しき色に吾亦
紅咲く

秋明菊乱れて咲ける畦道に野分の風が音立てて吹く

仲秋の今宵の月は友あまた果てしペリリューの浜照らしゐん

復員せしわれを迎へし母の顔ありありと顕つ
明時の夢

パラオよりわれ復員せしひと月後母は逝きに
き肺炎病みて

われら四人の武運祈りし母のメモ繰り返し読む風の止む夜半

うは言に未帰還の子の名を呼びて逝きたる母の終の日哀し

残　月

右の眼の翳りて悲し窓辺より仰ぐ中天に半月の輝る

懸案のこと片付きて銀杏の黄落つづく境内巡る

どんぐりを拾ひつつ巡る里山に寂しく聞こゆ山鳩の声

悔いのなき余生送らん黄に映ゆる石蕗の花裏
庭に咲く

犬たでに照りゐし夕日淡くなり冷えを覚ゆる
沼岸あゆむ

脈絡なき夢より覚めて幼き日の友の面影つぎつぎ
つぎ浮かぶ

齢一つ加へしあした寂しさのゆゑなく涌き来
降り立つ庭に

ひすがらの憂ひの消えず西空に光収めし残月の浮く

梅もどきの赤き実ついばむ鶲《ひは》のをり木枯し止みし苑を歩めば

逝く年の日

戦死せし友の遺族に意を決し今はの様をつぶさに話す

長く病む妻の病室より空高く下弦の月がかが
やきて見ゆ

散りたまる銀杏黄葉を夕ぐれに踏みつつ歩む
妻看取り来て

歩みゆく用水の堤に丈低くたんぽぽの咲く逝く年の日に

庭隅に目に立つ辛夷の芽を濡らし逝く年の雨音もなく降る

庭先の辛夷の冬芽ふくらみて事多かりきこの
年の逝く

平成二十八年

新しき年

昇り来る新年の日ををろがめばペリリユーに
果てたる友らつぎつぎ顕ち来

葉の散りし庭の辛夷に元日の日の差しそめて
冬芽が光る

生と死の境に在りし兵の日が蘇り来つ雑煮食
む時

もの言はぬまで衰へし妻の顔まのあたり顕つ
夜半に目覚めて

賜りし蕗のたう食みつつ過ぎゆきの早き今年
のわが生思ふ

銀杏の実

心張りしひと日の暮れて賜りし銀杏の実を丹
念に割る

歩み止め仰ぐ路傍に鈴懸の黒き実いくつ夕日を反す

衰へし脚力哀し常歩む道の辺の椅子に夕光を浴む

昇り来し朝日に映えて庭先に咲く蠟梅の花あ
ざやけし

しきり鳴く目白の声に戸を繰れば白梅の蕾膨
らみて見ゆ

残雪

突き詰めて得し結論を思ひつつ巡る里山に残
雪まぶし

消極に過ぎしひと日か大寒の夜空に半月雲あひに浮く

おもむろに積りし雪のとけそめて蕗のたう萌ゆ庭先見れば

代筆の便り読みつつ長く病む友の哀しも疾風止む夜半

唐突に逝きたる友を悼みつつ庭に降りつぐ雪眺めゐつ

事ひとつ成りしけふの日思ふとき雨戸うちゐ
し疾風止みぬ

心気負ふ日の稀となり歩み行く里山に咲く紅
梅の輝る

道の辺に蕾膨らむしだれ梅歩みとどめてひとき仰ぐ

明時に目覚めてをれば唐突に冬雷ひとつ長くとどろく

緋寒桜

緋寒桜の花咲きそめし用水の堤に午の日おだ
やかに照る

かかり来し電話にわれの抱きゐし老いの思ひ
の崩るる哀れ

培ひし鉢のカトレア花開く降りつぐ雨の小止
みとなりて

里山のいづこかに鳴く鶯の声を聞きたり風和ぎし朝

春の落葉しきり散りつぐ旧道に征きて還り来ぬ級友偲ぶ

ゆまり近く眠りの浅きこのあした庭木に寄り
来る目白の親し

梅の花匂へる苑を巡りゆく明けそめしあした
足取り軽く

白鳥

白鳥の去りし沼の面凪ぎわたり茜の空を映して暮るる

ペリリューに果てたる友のうつしゑに香を焚きつつひすがら籠る

成り行きに任せむ思ひに紅梅の花のかがやく苑歩みゆく

戦死せし十七名を語り合ひ老いしわれらのクラス会終る

白梅の花咲き満ちし庭隅にかそけく鳴ける蟇のこゑ聞く

鉢のカトレア

雨戸打ちゐし春の疾風の静まりて鉢のカトレア幾房も咲く

名の知らぬ小花咲きゐる古里の畦道を歩む寒入りの日に

幾人かの戦友並ぶうつしゑに供へし蠟梅しるく香れり

心渇くひと日の夕べ登り来し丘に明るく緋寒
桜咲く

藪椿の咲くたかむらに雉鳩の鳴く声さびし霙
の止みて

沈丁花の蕾膨らむ里山に寒明けの夕日未だあかるし

母のメモ

無気力に過ぎし一日か頬白のしきり飛び交ふ
小園に来つ

召集令状受けしかの日の蘇り刈田の畦に半月
仰ぐ

昨日よりの憂ひの消えて万作の花のかがやく
里山巡る

健やかに老ゆるを願ひ古里の鎮守の社に拍手
を打つ

戦陣に果てたる友を偲びつつ追儺の豆を声上げて撒く

わが子四人の武運を祈りし母のメモ明時覚めて繰り返し読む

翳り来し右眼に見ゆる葉ぼたんの色の親しも
降り立つ庭に

熱きコーヒー独り飲みつつ病院の病む妻思ふ
風止みし夜半

南天の朱実に寄り来る小鳥らを待つごとく立つあしたの庭に

ゆゑのなく虚しさ湧きて夕づきし畑にトマトの脇芽を摘みぬ

桜の蕾

心気負ふ日の稀となり歩みゆく里山に咲く紅
梅の輝る

よみがへり来し遠き日の悲しみが古き日記帳
焼けば湧き来つ

くれなゐに熟れし苺があざやけし午の日反す
ハウスの中に

畑隅の大根にま白き花咲きて差す朝光にひときは映ゆる

降る雨の小止みとなりぬ公園の桜の蕾あけ帯びて来つ

茎白き春の茗荷の萌えそめし丘畑めぐる春立ちし朝

ペリリュー島

しろたへの八つ手の花にあしたより明るき雨
の小止みなく降る

縦横に水路走りし古里の耕地の跡に鯉のぼり
立つ

出で征きし日の巡り来てペリリユーに果てたる友の次々と顕つ

戦死せしかの日思ひて遺骨無き友のみ墓に香を焚きつぐ

転戦せし中国大陸フイリピンパラオ諸島と地図にたどりぬ

柿の新芽

篁に幹の触れ合ふ音聞きてけふの散策の歩みを反す

道の辺に散りたまりゐる山茶花の花が夕日にひととき映ゆる

残生を健やかに生きん歩み止め芽吹きし柿の
新芽を仰ぐ

こでまりの花の輝く苑巡り逝きて一周忌の友
を哀しむ

弱き地震《なゐ》ありたる夕べ図らずも便り絶えゐし
友の訃を受く

うぐひすの鳴く声を聞く木々の芽のほぐれそ
めたる里山に来て

いつせいに葦の角ぐむ遊水地に久々に来て春の香に浸る

南十字星

生きて来し九十余年を振り返り振り返りつつ
刈田を歩む

母逝きて七十年経ぬ摘みてゆく野芹が香る古
里の田に

母逝きしきさらぎ八日午前四時空にきらめく
星美しかりき

国破れし暗号電報解き終へて仰ぐ南十字星か
がやきてゐき

指先が未だ覚えをりモールス符号我の一生《ひとよ》に
関はりありき

輸送船より兵の日眺めし北斗星南十字星脳裡
より消えず

生と死の境を生き抜いてきた一兵士の随想、記録

（注）同じ内容、類似の表現のものがあるが、その折の感慨であり、原文のまま
とした。

一兵士としての軍歴
私の戦争体験について
パラオの戦跡を訪ねて

（注一）
右に掲げた「私の戦争体験について」及び「パラオの戦跡を訪ねて」は平成二十七年七月七日、草加市市民活動センター並びに八月二日、草加市中央公民館にて開催された「パラオ諸島で体験した戦争の悲惨さ、死と向きあった極限の悲しみ、命、平和の尊さ」等を内容とした講演会の主旨である。

（注二）

この時の状況と内容は「パラオ・ペリリュー島関連」の通り東京新聞・中日新聞とＮＨＫの放送に採りあげられた。

パラオ・ペリリュー島関連

天皇皇后両陛下が、四月八日九日に、パラオ・ペリリュー島の戦没者を慰霊訪問なされましたことに関連。

小生の歌集『送り火』及びペリリュー島守備隊の一員であったことについて新聞並びにＮＨＫの報道。

一　四月九日、東京新聞、中日新聞がそれぞれ朝刊一面に掲載。

二　七月七日、ＮＨＫが首都圏ニュースで、当日行われた草加市谷塚の市民活動センターに於ける講演会内容を放送。

三　同じく八月十七日に首都圏ネットワークで、八月二日に草加市中央公民館に於ける講演会内容を放送。

四　同じく、七月八日のラジオ深夜便で午前四時に七日の市民活動センターに於ける講演会の内容が放送された。

五　二十八年三月の初め、インターネット（YouTube）にて小生が体験した「パラオ・ペリリュー島の記憶」と題した一時間余の内容が公開された。

一兵士としての軍歴

昭18・3・20　臨時召集令状により赤羽の東部第十五部隊（近衛工兵連隊）に入隊。

4・2　中支派遣軍要員として原隊出発。下関港から朝鮮、満州を経て、北京・天津・南京（4・15）武漢（4・23）を経由。

4・25　独立工兵第二連隊の駐屯地であった揚子江上流の湖北省江陵県観音寺に到着。周辺の警備に当たるとともに、大小の発動艇を以て揚子江及び湖沼の敵前上陸や兵員の輸送に当たる。

9・28　部隊は、戦況の悪化した南方戦線への転出命を受けて観音寺を出発、往路とは逆コースをとり釜山に集結。

10・14　釜山港出発。

10・28　フィリピンのマニラ上陸。

11・13　パナイ島イロイロ上陸　海上機動第一旅団輸送隊に改編さる。

昭19・1　海上機動第一旅団の主力マーシャル群島ブラウンにて全滅。

2・8　イロイロ出発、パラオ諸島に向かう。

2・12　パラオ諸島ペリリュー島上陸。飛行場の守備隊として米軍の来襲に備え、陣地構築に昼夜兼行で取り組む。

3・30　パラオ諸島は米軍の第57機動部隊（大型空母10、戦艦4を中心とした数十隻から成る大艦隊）に包囲され、30日の早朝から31日の両日にわたり、間断なき大空襲を受け、構築した陣地に、港湾施設に大損害を受けるとともに多くの戦死者が出た。

4・26　ペリリュー島の守備隊としての任務を、満州から到着した第十四師団の水戸の歩兵第二連隊と交代し、アイライ飛行場のあったバベルダオブ島（パラオ本島）の守備に着くとともに、マラカル港よりペリリュー、アンガウル島等への兵員輸送に当たる。

7・6　米軍の第二次の大空襲が始まり、パラオ諸島全島が間断なき攻撃を受ける。

9・7　米軍の第三次の大空襲と艦砲射撃が始まり、大艦隊と輸送船団に包囲される。

9・15　早朝から空と海からの攻撃がいっそう激しくなり、重装備を誇る圧倒的な兵員45、000名の米軍がペリリュー島に、7、000名がアンガウル島に上陸を開始し激しい地上戦が開始された。

9・22 ペリリュー島に応援部隊を派遣する師団命令が出され、高崎の歩兵第十五連隊の一個大隊（約1、000名）の逆上陸部隊輸送の任務を私どもの部隊が受け持ち、輸送に取り組んだが、途中、米軍の攻撃を受け、半数近くの戦死者を出し作戦は成功しなかった。

以後、米軍の空からの爆撃、銃撃が、海からの艦砲射撃が昼夜を分かたず続き、新たなる米軍は洞窟にたて籠もるわが軍を、火炎放射器等を使って攻撃するなど、この世とは思われない悲惨な戦闘が四十日間にわたり続いた。

11・23 遂にペリリュー島は約10、500名、アンガウル島は3、500名が戦死し、両島の組織的戦闘は終わった。

昭19・9～
昭20・8・15

ペリリュー島を占領した米軍は同島の飛行場を整備して、バベルダオブ島及びマラカル港のあったコロール島に上陸をするかのように、連日、空と海からの攻撃を全諸島に繰り返し、戦死者の増加、備えてあった武器弾薬はもとより、かけがえのない食糧が焼失し大きな損害を受けた。

終戦以後

空からの攻撃は無くなったが、備蓄食糧は底をつき、甘藷の栽培や魚の捕獲等、自給自足に取り組んだが栄養失調による病人が続出し、餓死者が増えて来た。

復員

20年12月、米軍の艦船に乗船し、12月30日神奈川県浦賀港に上陸、残務整理を済まして21年1月8日復員。

（埼玉県民政部が発行した軍歴証明書を基に部隊の歴史及びメモ記憶を整理し取りまとめた。一九七一年〈昭46〉三月）

私の戦争体験について

一、戦争の悲惨さ—平和の尊さ—

わが国には世界に誇る武力行使を禁じた平和憲法がある。専守防衛に徹し、敗戦後の七十年間、私どもは戦争の無い平和な時代を生きて来た。

私は昭和十八年から一兵士として三年間、中国大陸の奥深く沙市附近から、フィリピン、西部太平洋のパラオ諸島の守備隊として転戦し、様々な戦争の体験を味わって来た。と同時に多くの戦友が戦死するという悲しみに遭遇し、パラオ全域では二万名に及ぶ犠牲者（戦死、戦病死・餓死者）が出たと言われるが、私は奇跡的にも九死に一生を得て、故国に生還することが出来た。

戦地から生還した人々は戦争で体験した内容を、積極的に話さない気運があった。死と向き合った戦場の日々は、第三者に話しても理解して頂けないだろうとの思いがあったからか、或いは侵略戦争の尖兵として第一線で行動した負い目のような気持があったのかも知れない。

私にもこのような気持があって、家族や友人などにも最前線に於ける苦しかった体験は余り話して来なかった。

しかし、飛行場の在ったペリリュー島の守備に就いた昭和十九年以降、体験した戦争の恐ろしさは私の脳裏から何時になっても消えない。

一方、戦地から復員した人々も相次いで亡くなり、戦争の悲惨さが風化しつつある今日、何としても戦争は絶対にしてはいけないとの思いが、強く涌いて参り、特に屈指の激戦地であったペリリュー島に於ける戦闘状況については、多くの人々に知っていただきたい思いから、要点のみであるが、以下述べてみることにしたい。

忘れもしない十九年の三月三十日に、パラオ諸島に米軍の戦艦、空母を主体とした数十隻から成る機動部隊が来襲し、空と海からの猛烈な攻撃を受けた。

当時私たちの部隊は、飛行場の在ったペリリュー島の守備隊として島の西浜地区（オレンジビーチ）に布陣していたが、夜が明けるとともに轟音を立てて爆撃機、戦闘機が次々と飛来し、南北九キロ、東西四キロの小さな島は爆撃と機銃掃射の攻撃を間断なく受けた。このような大空襲は二日間続き、私どもの部隊が炎暑の中、昼夜兼行で築いた海岸の防衛陣地はもとより、飛行場の格納庫、幕舎などが完全に破壊された。その上に多くの戦友が斃れ、備蓄食糧が焼失するという甚大な損害を受けた。

この時、パラオに在った戦艦武蔵を旗艦とした連合艦隊は米軍との決戦を避け、いち早くフィリピンのダバオに待避し、後から飛行艇で向かった古賀長官は乱気流に巻き込まれセブ島近くの海に墜落し、長官は殉職した。二番艇に乗った福留参謀長は不時着して現地のゲリラに捕らえられたが、わが軍の折衝に依り解放された。しかし、暗号書と機密書類の多くは米軍の手に渡ってしまった。（大本営は何故か、このペリリュー島への第一次の大空襲と連合艦隊の待避などについては発表しなかった。士気の低下を畏れて秘匿したのかも知れない。）

四月の末に至り、満州から宇都宮第十四師団がパラオの防衛師団として到着し、ペリリュー島には水戸の歩兵第二連隊が着任して来たので、私どもの部隊はバベルダオブ島（パラオ本島）の守備隊を命じられ、同島の守備に就いた。

前に述べた通り、わが国には世界に誇る戦争を放棄した憲法があり、敗戦後の七十年間、戦争の無い平和の尊い事を私どもは味わってきた。このことを、如何にして次の世代に伝えて行くか、悲惨な戦争を体験して来たわれらに課せられた課題は大きく、肝に銘じて取り組み邁進して行くことにしたい。永遠の平和を願って。

二、死と向き合った極限の悲しみ

前に述べたとおり、私には二十歳の時から三年間の戦争体験がある。この間に味わった極限の悲しみ、苦しみはどう表現してよいか分からない程、死と向き合いつつ、生きて来た年月であった。

例を挙げてみると、中国大陸に出動した際、内地は軍用列車であったが、朝鮮半島から南満州を経て、中国大陸に入り、南京の対岸までは貨車が主で、南方戦線への転出の際は、貨物船を改造した輸送船であった。共に、脚を伸ばして寝ることが出来ない程のスペースで、入浴もできず、飲料水の不足、トイレに困惑したことは、読む人の想像に任せる程の毎日であった。

次に軍隊は徹底した独特の階級社会であり、私たち初年兵は後続の補充兵が全く無く、入隊時から復員まで最下位の一兵卒として、身をすり減らしたあけくれであった。具体的には兵器の手入れ、食事の準備、後片付け、下士官、古兵の衣類の洗濯など、電灯が無かった戦野にあって作業に時間がかかり休養、睡眠も十分に取れず、落度があれば制裁のビンタを受ける緊張の日々であった。その上に、制空、制海権が奪われて総ての輸送が途絶え、武器弾薬の不足はもとより、日用品、衣類が欠乏し、歯ブラシ、歯磨き粉、トイレの紙も全く支給されなくなってしまった。その上に備蓄食糧が底を突き、水のような粥の中にさつまいも、タピオカがあれば良いほうで、空腹で眠れない夜もあった。蛇、トカゲ、木々の新芽、野草など、何でも食べられそうなものは口にした。

次いで、悲しく身に沁みたのは砲火を共にくぐり抜けて来た戦友の死であり、遺体の処理であった。中国大陸で戦死者が出た時には、中隊全員が参列し、「ささげ銃」を行って別れを告げ、衛兵を立てて遺体を焼いた。翌日、遺骨は白木の箱に納められて武漢の兵站に後送された。パラオではペリリュー島守備隊が全滅した後も敗戦の日まで、連日、夜が明けると米軍の戦闘機が飛来し、人影を見つけると機銃掃射を繰り返し続けた。このために、戦死者の遺体の処理は、ジャングルの中、あるいは夜間行われるようになった。棺は無く、そのまま壕の中に埋めるのみで、胸が張り裂けるような思いであった。

平成元年十一月、私は生還した戦友数名とともに、一週間の日程でパラオ、ペリリュー島の戦跡を巡り、亡き戦友を偲んだ。巡ってゆく所々に日米両軍の飛行機や戦車の残骸があり、特に私どもの部隊が防衛陣地の構築をした西海岸（米軍の上陸地点）のトーチカ跡には、赤錆びた速射砲の傍らに半ば埋もれた遺骨があり、私どもは声も出でず、しばし立ち尽くしてしまった。

なお、去る四月八日、九日、天皇皇后両陛下が戦没者慰霊のため、ペリリュー島を訪問され、「戦没者慰霊碑」に菊の花を供えられましたが、慰霊碑の在ったのは、この場所である。因みに、パラオでの戦没者のうち、二千七百名の方々の遺骨は未だに故国に還って来ていない。

戦後七十年、時あたかも国会では集団自衛権行使を含む安全保障関連法案が審議に入った。この法案は戦争を放棄したわが国が、再び戦争に巻き込まれる恐れが十二分にあり、私は法案が成立しない事をひたすら祈っている。そして、戦争の無い平和を如何に守ってゆくか。次の世代にどのように伝えて行くか、私は自問自答を繰り返しながら、平和を追求する気持を短歌で表現することに努めている昨今である。

（ペリリュー島の鎮魂歌）

下降する飛行機の下に静まりて友眠る島ペリリューの見ゆ

幾百の友の果てたる海峡のうへに沸き立つ白雲悲し

幾千の彼我の兵士の相果てしオレンジビーチに満つる静寂

故国よりたづさへて来し酒供ふ暑き日反す鎮魂の碑に

（草加ペンクラブ同人誌「草加文芸第十号」二〇一五年〈平27〉九月）

パラオの戦跡を訪ねて

私は昭和十八年から三年間、独立工兵第二連隊の一兵士（無線通信士兼暗号士）としての軍歴がある。中国大陸の奥深く揚子江上流の沙市附近からフィリピン、パラオ諸島と転戦し多くの戦友が戦死したが、私は奇跡的にも九死に一生を得て故国に生還することができた。

斎藤茂吉が敗戦直後に「こゑひくき帰還兵士のものがたり焚火を継がむまへに終りぬ」と詠んでいるが、戦地から帰還した人々は戦争の体験話を積極的に周囲にしない気運があった。それはどこから来たのか分からないが生と死の境にあった戦場の苦しみは、第三者に話しても到底理解していただけないだろうとの思いがあったのであろう。

私もこのような思いで今日まで来たが、戦争は絶対にしてはいけない。戦争の悲惨さ、平和、命の尊さを短歌に詠んで次の世代に伝えてゆきたいという気持ちになり、亡き戦友を偲ぶ鎮魂歌等を詠むことに努めて来た。

　このような意味から、パラオの島々で味わった人間と人間が殺し合う戦争の残酷さ、食糧が無くなって蛇やとかげ、木の芽、雑草など食べられそうなものは何でも食べ、生きて来た当時のこと思い起こしながら一文を綴ってみた。

　国敗れたその年の十二月末、私どもは米軍の大型上陸用舟艇に乗り、パラオ諸島と亡き戦友に別れを告げ、二週間後に神奈川県浦賀港に上陸、故国に帰還することができた。

　振り返ってみると、ペリリュー島をはじめパラオ諸島で戦死、戦病死、更には備蓄食糧が底を突いたことによる餓死者を加えると約二万名に及ぶ貴い命がパラオの島々で果て、その遺骨すら殆ど故国に戻って来ていない。

　私は歌人の一人として、この現実を忘れず、真の抒情詩として如何に詠んでゆくか、一つの課題を抱えたまま老いの日々を送っている。

　平成元年の十一月、私は生還した戦友数名とともに、パラオの戦跡を巡り、戦死した戦友を慰霊する旅に出た。パラオ本島、コロール、ペリリュー島を一週間の日程を立て、現地の方の案内を受けながら激戦地の跡をたどってみた。

コロールのマラカル港には爆撃を受けて座礁あるいは半ば沈んだ艦船、商船が見られ、島の幾箇所にも高射機関砲などが残っていた。

ペリリュー島では先ず戦死した遺族会が中心となって建立した慰霊碑にお参りした。島のほぼ中央に在り、島の方々の墓地の隣で雑草は綺麗に刈られ、花が供えられてあった。島の人々の奉仕に依るものと聞き胸熱くなるのを覚えながら戦死者の冥福を祈った。

案内を受けながら巡ってゆく所どころに爆弾が落とされて出来た大きな窪地があり、草むらの中には鉄かぶとや軍靴、飯ごうなどが多数眼に入ってきた。

飛行場の周辺には日本軍の零式戦闘機に並ぶように、米軍のグラマン戦闘機の残骸があった。また、わが軍の九五式軽戦車から一キロほど離れたところに米軍のシャーマン重戦車（地雷に触れて横転したとのこと）の大きな残骸が暑い日差しを反していた。また、不発弾が残されている恐れがあるとして立ち入り禁止となっているところが幾箇所もあった。

更に、私どもの部隊が構築した西海岸（米軍の上陸地点）のトーチカ跡には赤錆びた砲の傍らに半ば埋もれた遺骨、未発射の砲弾があり、私どもは声も出ず暫し立ち尽くしてしまった。

戦死した戦友のそれぞれの場所は樹木が茂り、判別困難な場所もあったが、草むらを刈り香を焚き、故国から携えてきた酒を供え、当時を思い起こしながら戦友の冥福を祈った。

下降する飛行機の下に静まりて友眠る島ペリリユーの見ゆ
幾百の友の果てたる海峡のうへに沸き立つ白雲悲し
四十余年の歳月を経て仰ぎ見る椰子林の上の清き半月
赤錆びし砲のかたへに埋もれゐし遺骨にわれら声無くゐたり

故国よりたづさへて来し酒供ふ暑き日反す鎮魂の碑に

かつての日われらが掘りし地下壕にスコール避けてひととき憩ふ

キヤツサバを夕べ食みつつ面影の顕ち来る友の皆若々し

潮騒か椰子林を吹く風音か夜半覚めて聞くその音寂し

運命といふ語を思ひ生と死を分かちし浜に夕光を浴む

友ら果てしオレンジビーチといふ浜に光る珊瑚の破片を拾ふ

幾千の彼我の兵士の相果てしオレンジビーチに満つる静寂

忘れもしない昭和十九年三月三十日、三十一日の両日、パラオ諸島は米軍の戦艦、空母を中心とする数十隻からなる機動部隊に依る空と海からの猛烈な攻撃を受けた。

当時私どもの部隊（注　フィリピンで海上機動第一旅団輸送隊と改編された）は飛行場のあったペリリュー島の守備隊として駐屯していたが、夜が明けるとともに、轟音を立てて、爆撃機、戦闘機が次々と飛来し、南北九キロ、東西四キロの小さな島に、島の形が変わるほど、次々と爆弾を投下するとともに戦闘機に依る機銃掃射が間断なく続いた。

このように地獄を思わせる米軍の大空襲は二日間続き、私どもの部隊が四十度を越す暑さの中、昼夜兼行で構築した西海岸の防御陣地はもとより、飛行場の格納庫、幕舎などが完全に破壊された。その上に多くの戦友が犠牲となり、備蓄食糧が焼失するという甚大な被害を受けた。

パラオ本島や軍港のあったコロール島なども同様な大空襲を受け、港湾施設が大被害を受けるとともに港内に停泊していた艦船、商船が多数沈められた。

この時パラオに在った戦艦武蔵を旗艦とする連合艦隊は米軍との決戦を避け、いち早くフィリピンのダバオに待避し、後から古賀連合艦隊司令長官は飛行艇で向かったが乱気流に巻き込まれて墜落し、殉職した。

パラオ諸島はフィリピンの東方八百キロに位置する西太平洋の要衝として、米軍はフィリピンへの作戦基地として必ず来襲するであろうと大本営は判断し、満州にあった宇都宮第十四師団をパラオの防衛師団として発令し、同師団は五月の初めにパラオに到着した。

師団は司令部をパラオ本島に置き、本島とコロール島の守備隊には高崎の第十五連隊及び宇都宮第五十九連隊（両連隊とも一個大隊は他の地区）を充て、ペリリュー島には水戸第二連隊と高崎第十五連隊の一個大隊、アンガウル島には宇都宮第五十九連隊の一個大隊が配備された。

私どもの部隊はペリリュー島の守備を水戸第二連隊に引き継ぎ、船舶工兵として兵員の輸送等を主に機に応じた増援隊として、パラオ本島マルキョク、ガイシャル地区の守備隊を命じられた。

この後、七月五日に第二次の大空襲があり、第三次の九月十二日にパラオ諸島は輸送船を伴った大規模の機動部隊により完全に包囲された。物量を誇る米軍の艦砲射撃、空からの爆撃は間断なく続き、九月十五日の早朝には水陸両用の戦車を先頭にペリリュー、アンガウルの両島に上陸して来た。

守備隊は、兵員は米軍の四万人に対し一万人、重火器は十分の一という劣悪の条件のもと総力を結集して反撃を行ない、十五、十六の二日間で彼我の兵士約六千名が戦死するという激戦であった。九月二十五日にはパラオ本島から高崎第十五連隊の一個大隊をペリリューに逆上陸させる作戦を敢行したが、米軍の集中攻撃を受け、ペリリューの波止場に上陸寸前に増援部隊を乗せた大型発動艇がことごとく沈められ、九百名の貴い命が失われた。この海上輸送は私どもの部隊が担当したが、中隊長以下多くの戦死者を出した。

上陸した米軍は戦車を前面に、最新鋭の重火器を使って攻撃して参り、これに対するわが軍は少数の重火器と三八式歩兵銃であり、一日増しに戦死者が増え、洞窟にたてこもり夜になると斬り込み等の戦法を採ったが、火炎放射器等を使って攻撃して参り、遂に十一月二十四日に至り、祖国の安泰と同胞の幸を願いつつ全員が玉砕の名のもとに戦死した。

コロール、パラオ本島でも連日、夜が明けると戦闘機の銃撃があり、米軍の艦船が肉眼でも見える程接近し、いつ上陸してくるか分からない緊張の毎日であった。以後このような状態は翌年八月の敗戦の日まで続いた。

以上が私が身をもって体験した戦争の現実であった。

（注）私どもの部隊が改編されたことにより、昭和十九年一月、マーシャル群島で作戦中であった本隊に合流すべくパナイ島を出航したが、米軍が突如来襲し、激しい戦闘の末に、本隊三千五百名が玉砕した。この結果私どもの部隊は俄にペリリュー島守備隊に変更された。

（草加ペンクラブ同人誌「草加文芸第八号」二〇一三年〈平25〉九月）

あとがき

この歌集は『送り火』につぐ私の第六歌集である。平成二十五年から二十八年前半まで、所属誌「歩道」及び「短歌」「現代短歌」に発表してきた作品に、未発表の作品若干首を加え、約三百五十首を収めた。

私は三年ほど前から視力、聴力、発声機能に加え、脚力の衰えを痛感するあけくれとなった。

従って行動範囲も限られ、作品の歌境も狭く、かつ、類似の作品が多いが、生き抜いてきた私の八十九歳からの四年間の生の表白である。

佐藤佐太郎先生の純粋短歌論、作歌真に近づき、真の抒情詩として対象の深奥に観入した作品をいか程詠むことができたであろうか。心許ないが、残された生をも念頭に本集の刊行を決意した次第である。

今回も前集『送り火』に続き「歩道」編集人秋葉四郎氏からご配慮を頂いた。衷心から謝意を申し上げる。

作品はパラオ諸島（特にペリリュー島）守備隊の一兵士として体験した戦争の悲惨さ、平和の尊さ及び戦死、戦病死した多くの友軍と戦友を悼む鎮魂歌の類で、前集の延長として詠んだ作品が多く、歌集名を『送り火以後』とした所以である。

この歌集の刊行に当たっては、現代短歌社道具武志氏、今泉洋子氏の両氏から種々ご高配を賜った。心から厚く感謝の念を捧げたい。

平成二十八年四月二十一日

石井伊三郎

著者略歴

石井伊三郎（いしい　いさぶろう）

大正11年（1922年）埼玉県南埼玉郡八條村（現八潮市八條）に生まれる
昭和18年応召　21年復員
昭和30年「歩道短歌会」入会、佐藤佐太郎に師事
昭和59年～平成18年　歩道編集委員
平成15年　草加市文化賞受賞
平成23年　瑞宝双光章受章

現在　　日本歌人クラブ会員

歌集　『古利根』『春雷』『寒月』『迎へ火』『送り火』

歌集 送り火以後　　歩道叢書

平成28年8月15日　発行

著者　石井伊三郎
〒340-0021 埼玉県草加市手代町775
発行人　道具武志
印刷　㈱キャップス
発行所　現代短歌社

〒113-0033 東京都文京区本郷1-35-26
振替口座　00160-5-290969
電　話　03（5804）7100

定価2500円（本体2315円＋税）
ISBN978-4-86534-171-3 C0092 ¥2315E